François Tardif

la main froide

ÉPISODE 8

LE SECRET DE LA PYRAMIDE

Illustrations de Michelle Dubé

Les éditions
du petit monde

Les éditions du petit monde
2695, place des Grives
Laval, Québec
H7L 3W4
514 915-5355
www.leseditionsdupetitmonde.com
info@leseditionsdupetitmonde.com

Direction artistique : François Tardif

Révision linguistique
et correction d'épreuves : Josée Douaire
Conception graphique : Olivier Lasser
Illustrations : Michelle Dubé

Dépôt légal,
Bibliothèque et Archives nationales du Québec, 2009

**Catalogage avant publication de Bibliothèque et Archives
nationales du Québec et Bibliothèque et Archives Canada**

Tardif, François, 1958-

   Le secret de la pyramide

   (Nick la main froide ; épisode 8)
   Pour les jeunes de 9 à 12 ans.

   ISBN 978-2-923136-13-4

   I. Dubé, Michelle, 1983-   . II. Titre. III. Collection:
Tardif, François, 1958-   . Nick la main froide ; épisode 8.

PS8589.A836S422 2009   jC843'.6   C2009-941343-4
PS9589.A836S422 2009

FRANÇOIS TARDIF est né le 17 août 1958 à Saint-Méthode au Québec.

Il a étudié en théâtre, en cinéma et en scénarisation. Auteur de la série télévisée *Une faim de loup* diffusée sur Canal famille et sur Canal J en Europe, il en interprète aussi le rôle principal de Simon le loup. Il est aussi l'auteur de nombreuses pièces de théâtre pour enfants, dont *La gourde magique*, *À l'ombre de l'ours*, *Vie de quartier*, *La grande fête du cirque*, *Dernière symphonie sur l'île blanche*, *L'aigle et le chevalier* et *Les contes de la pleine lune*.

Ces dernières années, il a écrit plus de 30 romans jeunesse dont *La dame au miroir*, *Espions jusqu'au bout*, *L'hôtel du chat hurlant*, *Le sentier*, *Numéro 8*, *Les lunettes cassées*, *Des biscuits pour Radisson*, *Pistache à la rescousse*, *Les jumeaux Léa et Léo* et bien d'autres encore.

En préparation; les 4 tomes des romans pour adolescents: *Klara, agente spéciale 007 et demi* dont les deux premiers titres sont *Klara et Lucas, face à face avec l'au-delà* et *Sous les griffes des fantômes*.

Depuis quelques années, il plonge dans l'univers de *Nick la main froide* et prépare déjà l'écriture de ses prochaines aventures, dont *La coupe de cristal*, *Le dôme de San Cristobal* et d'autres histoires qui mèneront Nick et toute sa bande aux quatre coins de la planète. Plus de 36 épisodes sont prévus dans la série *Nick la main froide*.

* * *

MICHELLE DUBÉ est née le 5 septembre 1983 à Baie-Comeau.

Elle crée avec Joany Dubé-Leblanc la revue *Yume Dream*, dans laquelle elle publie ses bandes dessinées. Elle travaille aussi comme dessinatrice avec Stéphanie Laflamme Tremblay à une nouvelle BD.

Elle adore le dessin et l'écriture. Cela lui permet de s'évader et d'avoir une bonne excuse pour avoir l'air dans la lune. Durant ses passe-temps, en plus d'adorer la compagnie des animaux, elle dévore les romans en grande quantité. Collaboratrice pour les Éditions du petit monde depuis le tout début de la série *Nick*, elle continue à nous offrir les illustrations de tous les *Nick la main froide*.

Résumé de la série jusqu'ici

Nick a une main froide. Sa tante Vladana, alchimiste et sorcière, fabrique des parfums et des potions qui guérissent les gens. Un jour, elle entreprend la fabrication d'un élixir aux propriétés secrètes. Dans un livre très ancien qu'elle a exhumé d'un tombeau égyptien, elle trouve une liste de 360 ingrédients saugrenus. En réalisant cette potion, un accident se produit et Nick reçoit sur sa main droite un liquide inodore et invisible. Sa main a maintenant des propriétés insoupçonnées que Nick découvre au fil des jours. Son nouveau voisin, Martin, est le premier à comprendre que cette main est dotée de pouvoirs. À partir de ce jour, Nick et Martin deviennent d'inséparables amis et partagent tous leurs secrets. Béatrice Aldroft, une Américaine qui vient vivre au Québec pendant un an, se lie d'amitié avec eux. Ensemble, ils décident de changer le monde.

Dans l'épisode 7, Nick et ses amis ont appris que Vladana est immortelle. Cette révélation changera tout ce qu'ils entreprennent. Dans l'épisode 8, Martin, grand joueur de soccer, cherche à faire partie des White Wings, une équipe regroupant les meilleurs joueurs chez les douze ans et moins au pays. Grâce à l'aide de Nick, Vladana et Béatrice, Martin va puiser au plus profond de lui pour vivre cette expérience fantastique.

CHAPITRE 1

Où est Nick?

Nick se dépêche. Il est déjà 6 h 25 et Martin commence son entraînement ultime dans cinq minutes. Nick sait que son ami a besoin de tout l'appui nécessaire pour réussir le plus grand défi de sa vie.

Au parc situé derrière le stade Bois-de-Boulogne dans le quartier Laval-des-Rapides à Laval, une centaine de parents sont venus encourager leur fils ou leur fille pour le dernier entraînement des quarante meilleurs joueurs de soccer au Canada chez les douze ans et moins. Après l'entraînement d'aujourd'hui, les entraîneurs, monsieur Hamid en tête, nommeront les dix-sept joueurs sélectionnés qui iront vivre une semaine de rêve à Paris. Ils y disputeront le *Mundial du Football chez les douze ans et moins*.

Depuis six mois, un processus complexe et, il faut bien le dire, amusant a été mis en place. Plus de cinquante mille jeunes ont participé à des camps de soccer parmi lesquels les meilleurs entraîneurs du Canada ont sélectionné quatre cents joueurs élites. Puis tout doucement au fil des sélections, le groupe s'est vu réduit à deux cents, puis à cent joueurs. Ces cent athlètes dont Martin Allart, le meilleur ami de Nick la main froide, ont vécu un camp d'entraînement de deux semaines tenu à Vancouver durant le mois d'août. Suite à ce camp, les entraîneurs ont choisi les quarante meilleurs joueurs et Martin en fait toujours partie.

Ces quarante joueurs ont alors été confiés à monsieur Hamid et à son assistant Luc Gélinas qui disposaient d'une semaine pour choisir les dix-sept athlètes démontrant les qualités nécessaires pour représenter leur pays et pour vivre cette expérience unique.

Aujourd'hui est la dernière journée d'entraînement.

En fait et pour procéder à cette ultime sélection, monsieur Hamid a organisé un match hors-concours contre des U-14 AA, c'est-à-dire des joueurs de quatorze ans de catégorie élite. Un match qui sera déterminant puisque monsieur Hamid nommera les dix-sept titulaires à 21 h ce soir.

Martin, magnifique dans son chandail rouge, porte fièrement le numéro 17. Il termine ses exercices d'étirement et regarde sans arrêt vers les estrades. Leïla, sa mère, est là accompagnée de Béatrice, l'amie de Martin. Elles l'applaudissent et l'encouragent avec vigueur. Martin se sent nerveux; sa semaine s'est bien déroulée mais les joueurs présents sont si habiles et si rapides qu'il est sceptique quant à la place qu'il peut occuper parmi eux.

Hier, monsieur Hamid ne l'a pas lâché d'une semelle, lui rappelant constamment de faire circuler le ballon.

— Martin! Essaie de voir le jeu une seconde avant tout le monde, répétait-il encore et encore, fais circuler le ballon vers tes coéquipiers.

Monsieur Hamid insiste auprès de tous, mais surtout auprès de Martin, pour que chacun se place toujours en position de recevoir le ballon.

— N'oublie pas, Martin, dit souvent monsieur Hamid avec son drôle d'accent arabe puisqu'il est d'origine égyptienne, le joueur le plus important dans chaque zone du terrain est le joueur qui n'a pas le ballon. C'est lui qui voit le futur, l'avenir. C'est lui qui dessine déjà le prochain jeu en donnant toutes les chances à son coéquipier qui a le ballon de voir aussi le futur.

Martin a l'impression que monsieur Hamid est toujours sur son dos. Tout lui était pourtant paru facile pour se rendre jusqu'ici dans le processus de sélection mais cette semaine, Martin a vraiment l'impression de frapper un mur.

— Béatrice, dit Leïla, Martin sera tellement déçu s'il n'est pas…

— Chut… Il va être choisi… s'il peut retrouver sa confiance, toutefois. reconnaît Béatrice en observant Martin qui semble si nerveux depuis quelques jours.

— Tu as vu les autres joueurs? Sont-ils vraiment âgés de 12 ans maximum? On dirait des géants. Béatrice, va voir Martin qui m'interpelle! Je préfère ne pas y aller parce que je vais le rendre encore plus nerveux si je lui parle!

Béatrice descend quelques marches et rejoint son ami sur le côté du terrain.

— Ça va bien aller, Martin. Nous sommes avec toi.

— Tu as vu Nick? demande Martin en regardant tout autour dans les estrades.

— Non… je ne sais pas où il est! Il était avec sa tante Vladana, au sous-sol de sa maison. J'y suis descendue, j'ai cru entendre des voix mais je ne les voyais pas!

— Je ne me sens pas bien, Béatrice… je ne sais pas ce que j'ai… Nick devait m'apporter de l'eau, tu sais l'eau que Vladana lui donne pour moi… cette eau me fait tellement de bien… Nick, arrive s'il te plaît, arrive! Regarde, Béatrice, mes pieds tremblent! Je veux tellement faire partie de cette équipe que… je ne suis plus moi-même!

— Tout va bien aller, voyons… c'est un jeu, Martin, n'oublie pas ça. Un jeu !

— Un jeu ? Tu as vu le visage de monsieur Hamid ? Il ne sourit pas, il prend toujours des notes, il n'arrête pas de critiquer, surtout de me critiquer ! Il n'était pas comme ça avant. Je ne sais plus quoi faire avec le ballon. Ma tête est remplie de tableaux, de jeux dessinés, de théories sur le soccer… tout se mélange.

— Martin, on est là pour toi !

— Qui est là ? Il y a toi, c'est certain, mais Nick n'est pas là et ma mère n'ose même pas me regarder tellement elle me trouve moins bon que les autres…

— Martin, retrouve ta confiance, voyons ! Ta mère n'arrête pas de répéter que tu es bon ! Elle est nerveuse, c'est tout !

— Et moi ? Je ne suis pas nerveux, peut-être ? Il faut que Nick arrive !

Le sifflet se fait entendre. Luc Gélinas, l'assistant de monsieur Hamid, tend ses dix doigts vers le ciel et commence le décompte fatidique :

— 10… dans 10 secondes, ceux qui n'auront pas le genou droit par terre et les deux oreilles bien ouvertes sont mieux d'oublier leur chance d'être sélectionné. 9… allez les gars, allez les filles, plus vite que ça !

Martin regarde tout autour de lui à la recherche de Nick mais ne bouge toujours pas les pieds en direction de la zone défensive située devant le but où monsieur Gélinas continue son décompte.

— 8... 7 secondes...

Luc Gélinas fait entendre un autre coup de sifflet mais Martin ne bouge toujours pas. Il est à 7 secondes d'une disqualification.

— Allez Martin, vas-y Martin, va les rejoindre, c'est ton équipe et tu le sais ! Même sans Nick et son eau, tu es le meilleur ! dit Béatrice.

Sans même hésiter, Béatrice le gifle sur la joue droite. Martin, surpris du geste de son amie, reprend vite ses esprits. Leïla se lève et pose les deux mains sur sa bouche pour s'empêcher de crier. Deux grosses larmes coulent sur ses joues. Elle a si peur que Martin vive une grande déception et abandonne alors qu'il est si près de son but.

— 6 secondes crie Luc Gélinas.

Outre Martin, tous les athlètes sélectionnés arrivent à destination autour de messieurs Hamid et Gélinas pour le rendez-vous ultime. Ils sont maintenant quarante mais ce soir, le groupe ne sera plus composé que des dix-sept meilleurs joueurs du pays.

Martin se tient la joue que Béatrice a frappée pour le réveiller et l'obliger à rejoindre son groupe mais cela n'a toujours pas l'effet escompté sur lui.

— 5 secondes… continue monsieur Gélinas avec son décompte.

Béatrice prend son élan pour lui assener une deuxième gifle quand Martin réalise enfin l'urgence de la situation. Il ne dispose plus que de cinq secondes pour décider s'il tente sa chance pour cet unique voyage sportif à Paris prévu dans moins d'un mois. Mais qu'est-ce qui le retient comme ça ? La peur ? La nervosité ?

— 4 secondes…

En réalisant que le décompte de Luc Gélinas tire à sa fin et en s'imaginant recevoir une deuxième gifle de Béatrice, Martin démarre le sprint de sa vie. Il a plus de cent mètres à parcourir en moins de …

— 3 secondes… crie l'assistant-entraîneur en direction de Martin qui est le seul des quarante athlètes sélectionnés à ne pas être déjà installé avec les autres devant monsieur Hamid qui, lui, est prêt à parler stratégie à ses jeunes candidats.

— 2 secondes…

Martin, malgré sa bonne volonté, n'arrivera jamais à temps. Pour ce faire, il devra battre le record mondial du cent mètres. Quoique très rapide, ultra-rapide même pour son âge, rien n'y fera et l'aventure se terminera ici car les entraîneurs sont très sévères. Quand ils exposent une conséquence, ils l'appliquent toujours, sans changer d'idée.

Béatrice le sait et Leïla, en pleurant encore plus, le sait aussi. Martin le sait et monsieur Gélinas le sait. La participation de Martin à ce voyage de soccer est compromise.

Luc Gélinas répète d'ailleurs depuis le tout début des entraînements :

— Meilleur joueur ou non, personne n'aura droit à des passe-droits ; le respect des règlements, la discipline, l'esprit d'équipe, l'obéissance aux coachs... Tous devront donner l'exemple. Sans quoi, surtout pour la dernière journée, les récalcitrants seront expulsés de l'équipe.

Ce sera bien triste pour Martin, pense Luc Gélinas, car c'est un joueur phénoménal mais cet événement servira d'exemple pour faire réfléchir tous les autres, pense-t-il en continuant son décompte. Dans son esprit, Martin Allart est déjà OUT. Lui et monsieur Hamid ont désormais trente-neuf joueurs à départager.

— 1 seconde... crie très fort monsieur Gélinas, sortant déjà son gros crayon rouge pour surligner le nom de Martin, malheureux joueur sorti de la course... car Martin a encore au moins quarante mètres à parcourir et il ne lui reste que...

— Monsieur Gélinas !

Une voix toute douce interrompt momentanément les réflexions de Luc Gélinas et semble figer le temps.

14

— Hein, quoi ? dit Monsieur Gélinas en oubliant de continuer son décompte.

— Monsieur Gélinas, je suis ici !

Habitué à faire respecter les règles édictées par monsieur Hamid, Luc est complètement déstabilisé par cette voix qui semble venir de nulle part.

Déjà depuis quelque temps, il a d'ailleurs l'impression d'entendre des voix. Alors qu'il s'y attend le moins, alors qu'il s'apprête à expliquer des commentaires à ses étudiants en éducation physique à l'Université de Montréal, une voix ou même des voix se font entendre dans son esprit. Cela lui arrive depuis un bon bout de temps déjà. Cela le fait alors bégayer ou sortir complètement du présent.

Plusieurs fois depuis un mois ou deux, il a vu se dessiner sur les lèvres de ses élèves un petit sourire espiègle. Lui, si sûr de lui, Luc Gélinas, le professeur qui sait mener un groupe d'une main de maître, qui sait si bien contrôler ce qui se passe autour, le voilà qui perd parfois le contrôle de sa vie à cause de cette drôle de voix qu'il entend parfois.

— Monsieur Gélinas… je… suis ici !

Cette fois, Luc n'en revient pas, la voix semble s'être matérialisée… en petit garçon qui, de sa main droite, tire sur son bras.

— Hein ? Quoi ? Vous… vous… qui êtes-vous ?

Monsieur Hamid lève la tête, attendant toujours la fin du décompte et le sifflet de son assistant pour commencer son discours de la journée et parler de l'exemple de Martin qui n'a pas respecté les règles.

— Que… que… qui ? bégaie encore Luc.

— Monsieur Gélinas, c'est moi, Nick Migacht…

— Nick… ?

— Est-ce que je peux m'occuper des bouteilles d'eau des joueurs pendant le match d'aujourd'hui ?

— Quoi ?

— Monsieur Gélinas, reprend Nick tout doucement, il fait chaud, les gars et les filles ont soif. D'habitude, c'est moi qui apporte la bouteille d'eau de Martin mais aujourd'hui, j'ai voulu que tout le monde ait des chances égales. J'ai des bouteilles pour tout le monde. Cette eau est unique car elle provient des pyramides d'Égypte. Les bouteilles, je les ai remplies moi-même avec cette eau… durant le match, je m'en occupe, d'accord ?

En disant cela, Nick lance une bouteille à Martin qui retrouve alors le sourire et boit une grande gorgée. Depuis le début des entraînements, Martin s'est senti grandement appuyé par Nick et Béatrice. Nick lui a fourni de l'eau de source pure qui semble avoir bénéficié des pouvoirs de la main froide de

Nick ou des secrets de Vladana. Voilà ce que Martin attendait tout à l'heure juste avant l'heure fatidique de la dernière journée de camp.

Luc Gélinas n'en revient pas… il s'est laissé distraire par ce petit garçon et cette histoire abracadabrante d'eau provenant d'Égypte.

— Est-ce que je suis devenu fou ? se demande Luc. Je pensais entendre des voix ? Dans ma tête ? Mais non, c'est un petit gars qui me dérange et moi, je me laisse distraire au lieu de… continuer ma tâche… tout le monde m'attend alors que ce Martin Allart mérite d'être chassé de l'équipe, tout de suite !

Sans répondre à Nick, d'ailleurs plus flegmatique que jamais, Luc laisse nerveusement tomber ses papiers par terre, saisit son sifflet et clôt finalement son décompte et tous les bruits autour de lui en sifflant très, très fort.

— Zéro… l'entraînement est commencé. Vous êtes prêts ou vous ne l'êtes pas… Monsieur Martin Allart, je…

À sa grande surprise, en posant ses yeux vers le groupe de jeunes, il se rend compte que tous sont assis d'une façon règlementaire. Martin Allart ne semble même pas essoufflé. Pourtant sa course désespérée aurait dû l'exténuer. Dans ses mains, il tient la gourde d'eau que Nick lui a lancée. Il en a bu et maintenant, il se sent plus calme, plus sûr de lui et complètement revigoré. Monsieur Gélinas est très surpris de le voir là, parmi le groupe, à moins d'un mètre de monsieur Hamid, l'air très concentré.

Nick, aidé de Béatrice, lance des gourdes à tous les joueurs et même à monsieur Hamid. L'entraîneur, d'abord dérangé par cette entorse au déroulement du dernier entraînement, prend une gorgée.

— Monsieur Allart, bafouille l'assistant, euh… je veux dire monsieur Hamid, tout le monde est là, à temps. Personne n'est éliminé. La parole est à vous.

Pendant que monsieur Hamid prend la parole et que monsieur Gélinas ramasse ses feuilles par terre, Nick fait un clin d'œil à Martin.

— Hum, cette eau est très fraîche ! déclare monsieur Hamid en souriant à Nick. Je sais bien qu'il est impossible qu'elle provienne des pyramides, comme vous dites, mais elle me rappelle drôlement l'eau de source du désert égyptien. Vous me raconterez votre secret, monsieur Nick !

Ce faisant, il relance la bouteille à Nick qui l'attrape en souriant.

CHAPITRE 2

L'eau de la pyramide

Depuis que Martin essaie de réaliser son rêve, Nick fait tout en son pouvoir pour l'aider. Sa tante Vladana le rapproche quotidiennement d'un monde étrange et lumineux. Chaque jour, pour aider Martin à bien se préparer mentalement et physiquement pour ses entraînements, Vladana lui fournit de l'eau fraîche par l'entremise de Nick.

— De l'eau ? Pour moi ? a demandé Nick à sa tante la première fois qu'elle lui a tendu une bouteille d'eau.

— Si tu veux mais tu peux aussi l'offrir à Martin car je viens de la puiser pour lui. Elle l'aidera à développer ses talents de meilleur joueur de soccer possible.

— Ah, oui ? Mais d'où vient cette eau ?

— Elle provient d'une source qui coule au milieu de la grande pyramide d'Égypte !

— Quoi ? Mais c'est impossible, Vladana, nous sommes à plus de 7 000 km de l'Égypte !

— 8 700 km exactement et pourtant, j'y vais puiser cette eau chaque jour pour Martin.

— Mais comment fais-tu ?

Vladana, depuis quelques semaines, lui révèle tant de choses secrètes que Nick n'est plus étonné de rien.

Elle lui montre à nouveau la trappe secrète qui perce le plancher de son sous-sol. Cette trappe s'ouvre sur une couche de cristal.

— Ce cristal peut me mener partout où je le souhaite. Pour Martin, j'ai pensé à cette eau du désert, si pure et d'une énergie si grandiose que quiconque en boit redécouvre ses forces les plus fantastiques.

— J'aimerais bien apprendre à en puiser, moi aussi !

— Peut-être bien que je te montrerai un jour ! lui avait-elle dit en continuant à puiser de l'eau chaque jour pour Martin et d'en puiser aussi pour chacun des quarante prétendants à la sélection.

— De l'eau pour tous, aussi ?

— Oui. Le but n'est pas de privilégier Martin plus qu'un autre mais de permettre à chacun de se sentir bien tel qu'il est et qu'il découvre les forces intérieures chez sa propre personne.

Vladana avait donc décidé de donner des litres et des litres d'eau avant cette dernière partie de sélection. Nick avait fait le reste et remis une gourde à chacun. Il était heureux d'être le porteur d'eau mais il aurait bien aimé aussi en savoir plus sur ce cristal et cette façon de voyager !

— Je peux t'accompagner jusqu'à la pyramide ?

— On verra, Nick. Ces voyages peuvent être dangereux !

— Un jour, tu vas m'amener ?

— Sûrement ! lui avait-elle finalement dit en le poussant vers le terrain.

— Demain ?

— Oui, si tu veux mais dépêche-toi, Nick. Martin commence à s'habituer à cette eau. Il t'attend peut-être avant le match de la grande sélection.

Effectivement, comme on sait maintenant, Martin avait attendu Nick jusqu'à la dernière minute car la compétition pour un poste au sein de l'équipe est féroce.

CHAPITRE 3

De la haute compétition

Sur le terrain, les quarante joueurs sont
prêts à jouer.

— Vous êtes quarante, commence monsieur Hamid, et le match dure quatre-vingt-
dix minutes. Vous allez donc jouer environ
vingt minutes chacun. Donnez tout ce que
vous avez et le reste, on s'en occupe. Dans
deux heures, les jeunes dont les noms seront
inscrits sur ce tableau se rendront à Paris.
Les autres, mille fois bravo et merci de votre
participation !

De derrière son dos, monsieur Hamid sort
un tableau sur lequel sont écrits les chiffres
un à dix-sept. Tous remarquent un espace
libre à côté de chacun de ces chiffres. Tout à
l'heure, monsieur Hamid inscrira un nom, puis
un autre… dix-sept en tout. Tous trouvent

le concept cruel puisque vingt-trois joueurs seront éliminés aujourd'hui.

Luc Gélinas prend alors la parole :

— Voici la liste des quatre formations de neuf joueurs et des trois gardiens. On va jouer en formation de trois avants, trois demis, trois défenseurs et un gardien.

— Mais il manque un joueur, là-dedans ! indique Martin.

— Justement, ce joueur-là, c'est toi Martin. Au début, en tout cas. Sur le signe de monsieur Hamid, tu joueras soit en joueur de pointe avant, soit en libéro en défensive. Je nommerai au fur et à mesure les autres joueurs qui te relaieront sur cette position lors de nos changements. Nous jouons contre des U-14 AA, donc des joueurs élites. Ils sont nettement supérieurs à nous, plus grands et plus rapides alors concentrez-vous dès le départ à ne pas vous laisser attirer trop rapidement par le ballon. Je vous demande de jouer votre position en zone défensive puis, quand on récupère le ballon, il faut le conserver et le contrôler le plus longtemps possible. Le joueur de pointe, lui, joue au chien fou… il est le centre de tous les échanges de ballon. Martin, tu es rapide, tu joues partout. Tous les ballons doivent passer par toi !

Martin n'en revient pas. Il joue la position la plus prestigieuse et la plus difficile qui soit. Sera-t-il à la hauteur ? L'eau de Nick l'aidera peut-être à être lui-même en tout temps et à puiser au fond de lui l'énergie nécessaire. Mais qu'a donc cette eau de si spéciale ?

— Nick, Nick... Béatrice !

Martin cherche Nick pour boire une bonne rasade d'eau avant le début du match mais n'arrive pas à le voir.

— Oui, Martin ? demande Béatrice en courant le rejoindre sur le bord du terrain.

— As-tu vu Nick ?

— Nick, il était là avec toi !

— Oui, je sais. Il nous a tous donné de l'eau. Nous avons commencé notre échauffement d'avant-match et puis, plus de Nick ! J'ai eu tellement chaud, j'ai la gorge sèche, je suis nerveux, Béatrice... ma gourde est vide et... mais où est-il ?

Nick, en partageant l'eau recueillie entre tous les joueurs et les entraîneurs, n'a pu en distribuer que quelques gorgées à chacun. Quand il a constaté que Martin se démenait durement durant l'échauffement, il a décidé de courir jusque chez Vladana pour en quérir d'autre.

Chapitre 4

Une première excursion au-delà du cristal

— Vladana, vite Vladana, je pense que c'est urgent! Vladana?

Nick, en voyant que Martin et son équipe se faisaient complètement déclasser, s'est précipité chez Vladana pour en savoir un peu plus sur le secret de l'eau. Il entre dans la maison:

— Vladana, es-tu au sous-sol?

Il descend mais ne la trouve pas. Il veut absolument ramener de cette eau pour aider les joueurs à se calmer un peu. Sur la gauche, il aperçoit la fameuse trappe ouverte. À son retour à Sainte-Rose, Vladana a montré à Nick le cristal qui se trouve sous ce plancher. Nick ralentit le pas et son cœur bat très vite. Il sent que quelque chose d'inhabituel va bientôt se produire. Il s'avance tout doucement:

— Vladana, tu es là ?

Sous la trappe, une couche de cristal brille d'un tel éclat que Nick en est ébloui. Puis, ses yeux s'habituent. Par instinct, il dépose sa main froide sur le cristal. Aussitôt, un tourbillon de lumière émerge du cristal. Des images se font et se défont. Des couleurs jaillissent de la trappe et entourent Nick. Un peu inquiet, il ferme les yeux et pense à Martin qui a tant besoin de cette eau égyptienne. Nick sent tout à coup que le cristal s'apaise. En ouvrant les yeux, il aperçoit tout autour de lui des murs de pierre. Une femme est penchée au-dessus du sol. À côté d'elle, gisent des gourdes d'eau vide. Nick s'approche et reconnaît Vladana qui lui sourit. Elle lui tend un de ces récipients et lui indique de le remplir. Nick regarde autour mais ne voit aucune source. Au sol, il n'y a que du sable. Il lève alors la tête et voit au-dessus de lui des pierres qui s'entrecroisent et qui forment un dôme. Où est-il donc ?

Vladana, toujours sans mots, le regarde droit dans les yeux. Nick la regarde à son tour attentivement et aperçoit au fond de ses pupilles l'image d'un petit garçon qui remplit une gourde de sable. Il a l'impression de voir un film dans les yeux de sa tante si souriante. Le petit garçon place ensuite sa main droite sur la gourde et, sans hésiter, il verse le contenu de sa gourde dans sa bouche… ce n'est pas du sable qui coule de la gourde mais bien de l'eau.

Vladana tend à Nick quelques gourdes. Nick les remplit rapidement de sable puis il se retourne pour essayer de comprendre comment il fera pour revenir au sous-sol chez Vladana. Un vague sentiment de panique s'empare de lui quand il se rend compte que tout est immense autour de lui et qu'il pourrait s'y perdre. Vladana lui prend la main, l'invite à s'asseoir par terre et lui ferme les yeux. En un éclair, elle le relève.

Nick ouvre les yeux et se rend compte qu'il se trouve maintenant au sous-sol de la maison de Vladana. Dans ses mains, il transporte quatre gourdes remplies... de sable.

— Mais Vladana, qu'est-ce que je fais avec ce sable ?

— Quand on veut aider quelqu'un à réaliser l'impossible, il faut d'abord risquer l'impossible.

— Quoi ?

— Allez dépêche-toi, Martin t'attend !

— Mais est-ce que j'étais dans une pyramide ? J'ai ramené du sable d'Égypte !

— Cours Nick, cours !

En sortant de la maison de Vladana, Nick essaie de bien tenir ses quatre gourdes. Il en échappe une qui se renverse, puis deux, puis trois. Il tient fermement dans sa main froide la quatrième bouteille même s'il n'a aucune idée de ce qu'il fera avec une gourde remplie de sable devant son ami assoiffé. En sortant dans la cour, son pied trébuche sur une branche, la gourde vole dans les airs puis se cogne contre le tronc du grand chêne à sept branches. Nick la rattrape de justesse mais la gourde est tout de même à l'envers et déverse un peu de son contenu sur Nick. Rapidement, Nick retourne la gourde en riant aux éclats lorsqu'il s'aperçoit que c'est de l'eau et non plus du sable qui coule de la gourde. Est-ce le chêne, sa main froide ou le cristal qui a réussi cette transformation ?

Peu lui importe puisque Martin a besoin de cette eau.

CHAPITRE 5

Si bas, si haut

— Martin, ici. Ici, sur le banc! Vite! crie
monsieur Hamid, après un premier vingt minutes
de jeu.

Martin sort du terrain en marchant lentement, la tête basse. Il est certain que son rêve
vient de s'envoler à jamais.

— Martin Allart, crie encore plus fort
monsieur Hamid, quand je dis «Vite», c'est plus
vite que ça! Luke Marchant, *it's your turn, go on
and play libéro!*

Martin trottine jusqu'au banc des joueurs
complètement découragé. Les vingt premières
minutes de jeu du match entre les onze premiers
prétendants aux dix-sept postes disponibles dans
l'équipe et ce club de U-14 AA de Toronto se
sont avérées un véritable enfer.

Les Lions de Toronto ont en effet littéralement pulvérisé toutes les tentatives d'organisation du jeu de leur adversaire. Les jeunes, qu'on appelle les White Wings du Canada, n'ont pratiquement pas touché au ballon. Les Lions n'ont pas cessé de bouger et de faire circuler le précieux objet rond, attirant les joueurs d'un côté puis lançant des attaques surprises de l'autre. Si bien que Toronto a pris une avance gargantuesque de 3 à 0 alors que les White Wings, onze des supposés meilleurs joueurs au Canada chez les 12 ans et moins, n'ont dépassé la ligne du centre que deux fois et n'ont possédé le ballon que pendant deux minutes sur vingt. Même si les joueurs des Lions sont âgés de deux ans de plus, il est quand même malheureux de constater que ce fut la débandade totale. Martin semble le plus exténué de tous. Il a tout tenté, courant partout comme une poule sans tête, dépensant toutes ses énergies à courir après tout le monde et personne en même temps.

— De l'eau, Martin ? demande Nick en s'approchant de son ami dévasté, qui ne lui répond pas et ne bouge toujours pas de sa position, bien écrasé sur le banc.

— Nick, tu es là ? Je ne sais pas ce que j'ai, je n'arrive plus à rien faire de bon.

— Martin, Martin, reprend Nick en lui posant sa main froide sur l'épaule. N'oublie jamais qui tu es. N'oublie jamais que tu as tout ce qu'il te faut pour vaincre tous les obstacles. Si tu

veux vraiment, tu peux réaliser l'impossible…
tiens, bois cela ! Et tout deviendra possible.

— Ouais, peut-être… mais là, je viens de
perdre ma dernière chance d'être sélectionné.
J'ai joué comme un moins que rien !

— Non, non, non, Martin, ce n'est pas
vrai. Il y a une autre équipe sur le terrain…
n'oublie pas qu'ils sont là, eux aussi !

— C'est vrai mais… j'ai bien peur que
mon rêve…

— Allez, bois un peu d'eau… cela va
t'aider mais ce n'est pas de la potion magique…
il faut que tu te fasses confiance, c'est tout !

Pendant que Nick offre son eau aux autres
joueurs, Luc Gélinas s'approche de Martin et
s'assoit à ses côtés. Au lieu de l'engueuler et de
lui reprocher son jeu erratique, il se contente
de lui tapoter l'épaule et de regarder le match
en silence.

— Excusez-moi, coach ! lui dit Martin.

— Chut, chut, chut, regarde le match !

— Je sais mais… je voulais tellement !

— Chut Martin, regarde le match. À la
demie, on va se parler, d'accord ? Mais avant,
observe et arrête de paniquer, observe et
enregistre tout ce que tu peux comprendre du
jeu !

Luc Gélinas et Nick restent aux côtés de
Martin durant le reste de la première demie. Ils

observent le jeu. Martin se tourne vers Nick qui, sourire aux lèvres, lui tend sa bouteille d'eau. Il n'en revient pas de l'attitude calme de l'entraîneur. Il décide de se calmer aussi et de boire une bonne rasade d'eau pure.

Pendant les vingt autres minutes du match, malgré les instructions de monsieur Hamid, les White Wings continuent de courir derrière le jeu des Lions qui ne réussissent pas à marquer un autre but à cause du brio du gardien Mark River qui s'est transformé en véritable pieuvre vivante, stoppant les dix occasions fermes de marquer des adversaires. Le gardien a arrêté les tirs d'une main, d'un pied, de l'estomac ou de la tête. Entre chaque arrêt, il regarde Nick qui lui sourit en lui disant constamment de boire de l'eau. Martin, maintenant qu'il a bu ce qu'il lui fallait de cette eau, a aussi les idées plus claires. Il se concentre sur le jeu des Lions et se met à comprendre que, consciemment ou non, ces joueurs très talentueux tracent un dessin invisible en déplaçant le ballon. Si le ballon avait la propriété de laisser des traces de peinture, on verrait très clairement un dessin précis sur la surface de jeu. Martin a tout à coup l'impression que le ballon a une vie propre, un tracé net et précis et que ce sont les joueurs qui se déplacent pour le rejoindre.

Un plan semble inscrit quelque part et le ballon suit ce trajet incroyablement efficace.

Il trouve toujours un endroit libre sur la surface de jeu et curieusement, les joueurs des Lions semblent tous connaître ce plan. Martin remarque de plus en plus clairement que les Lions se dirigent invariablement vers l'endroit où le ballon ira deux secondes plus tard. Soit ils sont magiciens, pense Martin, soit ils ont dessiné et répété ces mouvements des milliers de fois. Pour la première fois de sa vie, il remarque et il voit ce plan. Nick observe son ami et il sait qu'il vient de percevoir quelque chose que personne au monde ne pourrait arriver à déceler. Mais qu'est-ce au juste ? Ni Nick, ni Béatrice, ni personne ne peut savoir ce qui tourne dans sa tête. Pourtant, une chose est sûre, la confiance lui est enfin revenue. Voilà le rôle de cette eau: ne pas faire de miracles mais ramener une confiance absolue en ses moyens.

Martin demande alors à Luc Gélinas la permission d'utiliser sa planche à dessin. Il se met à dessiner quelques-uns des jeux ainsi que les mouvements du ballon générés par les adversaires. En regardant encore et encore et en dessinant de plus en plus précisément, il remarque que chaque mouvement ne constitue la plupart du temps qu'un relais à un autre joueur. Personne n'essaie jamais de déjouer un adversaire avec une feinte mais participe plutôt à cette immense danse ou chorégraphie. Le ballon est devenu un instrument de musique ou une note qui flotte harmonieusement entre les joueurs.

Martin remarque aussi que les White Wings courent tous comme des fous, utilisant leur vitesse et leurs qualités athlétiques pour essayer de rejoindre les joueurs adverses et tenter de s'emparer du ballon mais toujours avec une bonne demi-seconde de retard.

Pointage à la mi-temps:
White Wings - 0; Lions - 3

Tirs aux buts:
White Wings - 0; Lions - 19

Temps de possession du ballon:
White Wings - 4 min et 22 secondes;
Lions - 40 minutes et 38 secondes.

— Dix fois plus de temps de possession, commence monsieur Hamid dans le vestiaire devant un groupe de joueurs totalement dépités. Vous n'êtes pas là du tout. Je me demande même si on a une assez bonne équipe pour rencontrer les Brésiliens de douze ans là-bas, à Paris, pour le tournoi international. Vous savez que les Brésiliens ont battu cette équipe des Lions avant-hier à Toronto au compte de 3 à 2. J'ignore quoi vous dire et je me demande comment je vais choisir des joueurs parmi vous puisque personne ne touche au ballon… Luc qu'est-ce que…

Rarement avait-on vu monsieur Hamid dans un tel état. Habituellement, il crie après tout un chacun mais toujours, il transmet au moins une stratégie ou un moyen de se sortir du pétrin mais là, rien! Que des paroles de découragement. Luc, peu habitué à donner la stratégie à employer dans un match, se lève alors. Il se place au centre du vestiaire pendant que monsieur Hamid va s'asseoir à côté de Nick qui lui offre un peu d'eau.

— Les gars et les filles, dit Luc en cherchant ses mots… comme le mentionne monsieur Hamid, vous n'êtes pas là !

— PAS D'ACCORD ! dit soudainement Martin bien malgré lui.

Ces mots lui ont échappé et il aimerait bien les reprendre. Monsieur Hamid redonne la bouteille d'eau à Nick avant d'en avoir bu. Il fulmine. Il se lève et n'en revient pas qu'on ose confronter l'autorité après une première demie si horrible.

— Comment ça, pas d'accord, hein ? Qui a prononcé ces mots ?

Martin, courageux, se lève et dit :

— Moi !

Luc Gélinas, connaissant le caractère bouillant de monsieur Hamid, essaie de calmer le jeu.

— Monsieur Hamid, attendez un peu, s'il vous plaît. Je veux seulement vérifier quelque chose. Laissez-moi faire, s'il vous plaît. Martin, je t'ai vu dessiner des croquis pendant la fin de la première demie. Est-ce que je peux les voir ?

Martin lui tend le tableau. Luc y voit tout plein de lignes qui s'entrecroisent. Cela semble former un dessin incompréhensible.

— Qu'est-ce que c'est que ça ?

— Ce sont les déplacements de nos joueurs… sauf votre respect, monsieur Hamid, vous dites que nous ne sommes pas là. Je suis désolé mais je ne suis pas d'accord. Ce n'est pas que nous ne sommes pas là, C'EST PLUTÔT QUE NOUS SOMMES TROP LÀ !

Tous les joueurs éclatent d'un rire à la fois nerveux et libérateur. Monsieur Hamid, sérieux, se lève, s'approche de Martin, saisit le tableau, l'observe attentivement et dit :

— Pas d'accord, hein ? TROP LÀ, tu dis ?

— Oui. TROP LÀ ! ose répéter Martin.

— Que veux-tu dire ?

— Nous bougeons partout, nous courons partout, chaque joueur qui a joué est mort de fatigue. Moi, j'ai joué vingt minutes et j'ai l'impression d'avoir couru deux marathons. Monsieur Hamid, regardez de l'autre côté de la planche à dessin.

De l'autre côté du tableau, Martin a dessiné des lignes droites très précises qui se rejoignent et qui ont l'air d'un plan.

— Qu'est-ce que cela représente ? demande monsieur Hamid. Sont-ce les mouvements des joueurs de l'autre équipe ?

— Non, c'est le mouvement du ballon quand les Lions le font circuler. De leur côté, c'est le ballon qui mène… c'est lui qui bouge… les joueurs n'ont qu'à se placer dans la ligne du jeu et… VOILÀ. C'EST ÇA LE TRUC DES LIONS !

Tout le monde dans la chambre des joueurs fait un OH ! comme un EURÊKA de compréhension soudaine.

Monsieur Hamid lève sa main droite comme il le fait souvent pour inviter les membres de son équipe à se taire puis il regarde encore longuement les deux dessins en silence. L'arbitre du match est posté sur le terrain. Les joueurs de l'équipe des Lions sont déjà en position pour commencer la deuxième demie de ce match qu'ils dominent de bout en bout. L'organisateur du match hors-concours se dirige vers le vestiaire pour comprendre ce qui s'y passe.

Dans les estrades, des murmures s'élèvent. La rumeur veut que les White Wings vont sûrement abdiquer et refuser de jouer la deuxième demie.

Dans la chambre, monsieur Hamid décide de donner la parole à Martin :

— Martin, puisque tu as si bien analysé leur jeu, comment vois-tu la deuxième demie ?

— Euh ! Ce ne sera peut-être pas facile au début mais si on essaie de moins bouger, de jouer chacun dans une zone précise du terrain et, de ne jamais tenir compte des joueurs, ni même du ballon, mais seulement des lignes formées par le ballon qui se promène… alors peut-être que, tout doucement, on pourra briser leur jeu !

C'est à ce moment-là que l'organisateur arrive dans le vestiaire :

— Qu'attendez-vous ? La partie reprend, on n'attend que vous !

— Nous arrivons ! lui répond calmement monsieur Hamid qui ne s'en fait pas pour cette partie puisqu'il se concentre davantage sur le tournoi qu'ils joueront à Paris.

— Vite, s'il vous plaît. C'est peut-être un match hors-concours mais il y a des règles à respecter.

— Donnez-nous deux minutes !

À ce moment-là, l'instructeur des Lions se pointe aussi dans la chambre des White Wings.

— Excusez-moi, monsieur Hamid, puis-je vous parler ?

— Oui, monsieur Souza, allez-y ! dit monsieur Hamid sans bouger.

— Euh ! Pouvez-vous me rejoindre dans le corridor ? demande-t-il, mal à l'aise de parler devant les joueurs.

Mais monsieur Hamid ne bouge pas. Il veut que ses joueurs se sentent solidaires jusqu'au bout. Il ne veut donc rien leur cacher.

Puisque monsieur Souza souhaite parler du match, il devra le faire devant ses joueurs.

— C'est en rapport au match, monsieur Souza ?

— Oui !

— Vous n'aimez pas notre façon de jouer ?

— Ce n'est pas ça !

— Allez-y… je n'ai pas de secrets pour mes joueurs ! Parlez en toute confiance !

— Bon… on ne voudrait pas que ça continue comme ça… nous sommes plus vieux, plus expérimentés, nous jouons ensemble depuis deux ans et l'an dernier, nous sommes allés à Paris et nous avons terminé sixième… je crois que vous n'êtes pas de notre calibre… désolé de vous le dire comme ça… on pourrait changer des joueurs, piger des noms, refaire deux équipes…

— Pour équilibrer les forces ?

— Oui, monsieur Hamid, c'est en plein ça ! Tenez, j'ai apporté cinq chandails ! Donnez-moi cinq joueurs, je vous en envoie cinq !

— Il n'en est pas question, monsieur Souza ! déclare monsieur Hamid avec force.

Monsieur Souza, très compétitif, n'apprécie vraiment pas se faire parler de cette façon.

— Monsieur Hamid, c'est trois à zéro et si mes joueurs le souhaitent, ce sera douze ou quatorze à zéro dans moins de dix minutes !

— Nous vous avons laissé jouer jusqu'ici car nous sommes polis mais là, c'est fini. Nous allons gagner la deuxième demie! déclare monsieur Hamid en regardant l'instructeur adverse droit dans les yeux avec défi.

Tous les joueurs se lèvent d'un seul bloc pour appuyer leur instructeur.

— Hé, hé, hé! ne peut s'empêcher de rire monsieur Souza. Une équipe de soccer, ce n'est pas seulement de la volonté… votre équipe, euh… Vous n'avez pas encore d'équipe en fait!

— Monsieur Souza, voulez-vous nous laisser, s'il vous plaît? Je ne vous demande qu'une faveur. Laissez-nous quatre minutes d'organisation… et nous vous rejoignons sur le terrain… Faisons comme si c'est zéro à zéro et Martin, dis-lui…

— Euh! Martin se demande ce qu'il doit dire… excusez-moi monsieur Souza, vous avez une équipe extraordinaire mais si vous continuez à jouer comme vous le faites…

— Ça va finir sept à zéro! ne peut s'empêcher de déclarer en riant monsieur Souza, un peu insulté de l'attitude de ces jeunes blancs-becs.

— Non, répond Martin, si vous ne changez pas de stratégie, vous êtes foutus!

— C'est ce qu'on va voir! répond monsieur Souza en claquant la porte.

L'organisateur du match sort de la chambre puis revient aussitôt en disant :

— Dans quatre minutes, nous allons mettre le ballon au jeu. Si vous n'êtes pas là, vous perdez le match…

— Nous serons là ! reprend monsieur Hamid.

— D'accord pour le compte de zéro à zéro ! crie monsieur Souza en rigolant au loin !

Luc Gélinas regarde sa montre et dit :

— Mark devant le but, John, Luke et Daniel à la défense, Manu, Karl et Olivier, demi, Michaël, Lucas et Éric à l'avant.

— Martin, complète monsieur Hamid, je te donne une deuxième chance en deuxième demie à la pointe.

— Non, monsieur Hamid. Je préférerais jouer libéro et me positionner entre les demis et les avants qui ne seront que deux. Luke, tu joues devant les demis comme si tu étais un autre libéro. Devant toi, il y aura Karl et Olivier. Je serai devant eux et derrière Manu et Mikaël. Et en pointe, un derrière l'autre, il y aura Éric puis Lucas. Si on essaie d'imager notre formation, ce sera 1-2-1-2-1-2-1-1. Nous sommes tous au centre du terrain, un derrière l'autre mais jouons tout de même assez large.

Martin exécute rapidement ce dessin sur le tableau dans le vestiaire : les O représentant l'autre équipe, les X, l'équipe des White Wings.

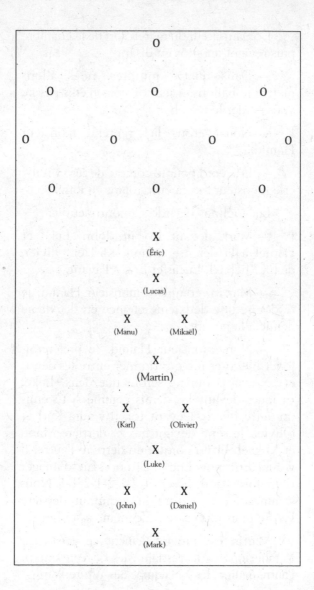

— Oui, je comprends Martin, dit monsieur Hamid. Le problème est que cela libérera toutes les ailes et le jeu sur les côtés sera complètement à eux.

— Oui, c'est en plein ça. Voilà ce qu'il faut faire, dit Martin. On les laisse sur les ailes et on surveille la trajectoire du ballon !

— Il reste deux minutes ! les prévient Luc.

— Dernière chose, dit Martin en buvant une bonne gorgée d'eau prise dans la gourde offerte par Nick, ayons l'air de rien. Continuons à faire semblant qu'on réussit cela par hasard. À la mise en jeu, plaçons-nous comme eux mais aussitôt que le jeu commence, sur le terrain, jouons à ces positions que je viens de vous indiquer. Nous bloquerons toutes leurs trajectoires de passe. Quand on récupère le ballon, élargissons un tout petit peu le jeu et construisons des triangles avec le ballon comme monsieur Hamid nous l'a enseigné. Un seul principe: jamais, nous ne donnons le ballon. Quand ils nous l'enlèvent, revenons à notre position 1-2-1-2-1-2-1-1. Ils n'arriveront pas à marquer. Puis, Éric, quand nous serons prêts, je vous ferai signe. Je crierai; *stratégie numéro 1*, envoyez-moi le ballon, je ferai semblant de revenir vers l'arrière puis je le loberai par-dessus leurs défenseurs. Éric, tu auras ton échappé et...

— Vite, les gars ! dit Luc.

— Bravo Martin, je n'en reviens pas, dit monsieur Hamid, où as-tu puisé tout cela ?

— Je… Martin n'ose pas dire que l'eau égyptienne a peut-être quelque chose à voir avec son inspiration.

— Bon. De toute façon, Martin, même si tu ne veux pas me révéler ton secret, je suis d'accord. Nous allons essayer ta stratégie. Les gars, Martin est le capitaine pour les vingt-cinq prochaines minutes. Sur le banc, je vais préparer les onze autres joueurs.

— Une minute, dit Luc.

— Les gars et les filles, conclut Martin, n'oubliez pas, ne nous concentrons pas sur le ballon mais sur la ligne que va emprunter le ballon ; la ligne qu'il va dessiner dans les airs ou sur le sol. Avec notre positionnement, nous pourrons facilement couper ces lignes !

— Vite, les gars ! crie Luc.

— Martin, dit soudainement Nick, vous avez tous droit à une gorgée de mon eau toute particulière. Et celle-là est encore plus spéciale car c'est moi-même qui l'ai puisée… en Égypte !

En disant cela, Nick pose sa main froide sur l'épaule de monsieur Hamid qui lui sourit.

— Vous dites en Égypte, jeune homme ?

— Oui monsieur Hamid mais ce serait trop long à expliquer.

— Pas besoin de nous expliquer. Mais si cela convainc mon équipe que le plan de

Martin peut fonctionner, on ira tous chercher de cette eau ensemble dans la pyramide de Khéops. C'est moi qui vous le dis. Mes parents habitent encore tout près.

— Je crois que c'est possible, dit Martin. Avec Nick dans les parages, tout est possible. Je vous présente donc Nick, mon meilleur ami. Buvez tous une gorgée et vous en ressentirez un immense courage.

Il boit pendant que Nick pose sa main droite sur son épaule. Martin court ensuite en direction du terrain suivi de toute l'équipe et des entraîneurs. Ceux-ci sont encore éberlués de ce jeune leader qui a changé toute la dynamique d'équipe en dix minutes.

CHAPITRE 6

De nouveaux héros

Dans les estrades, Leïla est toujours sous le choc. Non seulement son garçon a vraiment mal paru durant la première demie de ce match ultime mais en plus, l'équipe semble abandonner d'avance la partie. Elle se tient debout, à côté de Béatrice, qui est tout aussi catastrophée. Cela fait près de deux mois que Martin s'entraîne pour réussir cet exploit de faire partie de l'équipe qui voyagera jusqu'à Paris et là, tout semble s'écrouler. Elles tiennent leurs deux mains sur la bouche de manière à s'empêcher de crier leur peine. Autour d'elles, c'est aussi la consternation. Jamais ils n'auraient cru voir leurs enfants se désister de la sorte. Les Lions sont bien installés sur leur côté de terrain. Détendus, ils s'amusent de la situation.

Soudain, les joueurs des White Wings apparaissent sur le terrain en courant avec Martin en tête. Nick s'approche des estrades, un énorme sourire au visage. Il fait un clin d'œil à Béatrice qui court le rejoindre alors que le jeu recommence avec une nouvelle marque de zéro à zéro dans le cœur des White Wings.

— Que se passe-t-il, Nick ?

— C'est Martin, je te le dis, il est un génie. Regarde bien ! Tu n'auras jamais vu ça de ta vie ! Je pense que l'eau de Vladana y est un peu pour quelque chose.

— Mais qu'a-t-il donc fait ?

— Pour être bien franc, je n'ai absolument rien compris et je pense même que l'entraîneur non plus. Mais quelqu'un aurait-il pu arrêter Léonard de Vinci pendant qu'il peignait la Joconde ?

— Léonard de Vinci ?

— Regarde bien, Béatrice. Tu vas voir comment se réalise un chef d'œuvre !

— Et l'eau ?

— Je pense que cette eau est comme ma main. Elle fait en sorte que chacun devienne génial… à sa façon ! Martin est génial au soccer alors cette eau l'aide à devenir encore plus génial… au soccer !

Nick court rejoindre les joueurs sur le banc pour leur offrir de l'eau que Vladana lui a enseigné à puiser. Béatrice, souriante et encouragée, rejoint Leïla dans les gradins.

— Que se passe-t-il ? demande Leïla.

— C'est Martin, dans le vestiaire, il leur a parlé de Léonard de Vinci, je crois.

— Léonard de Vinci ? Il joue pour qui ?

— Non, non ! Le peintre de la Joconde !

— Ah ! Oui ? Il jouait au soccer ?

— Pas lui... la Joconde jouait au soccer ou je ne sais pas trop !

— Joconde ou pas, dit Leïla, c'est la même ambiance que tout à l'heure... Sur le terrain, c'est un vrai massacre ! Regarde !

— Pire, reprend Béatrice, ils ne bougent pas, on dirait des piquets !

Sur le banc des White Wings, personne ne parle. Tous les joueurs, les entraîneurs et Nick observent Martin qui n'arrête pas de féliciter ses coéquipiers qui, selon lui, agissent parfaitement. Pourtant depuis deux minutes que la deuxième demie est commencée, les Lions ont réussi au moins trente passes et jamais les Wings n'ont réussi à récupérer le ballon.

Monsieur Hamid remarque au moins que ses joueurs ne se font pas prendre hors position. Il remarque aussi, grâce à la presqu'immobilité de ses joueurs, que les Lions sont aussi passablement immobiles. Martin avait raison, se dit-il, seul le ballon bouge à un train d'enfer.

Lui, âgé de quarante-sept ans, ayant joué au soccer professionnel en Égypte, puis ayant été entraîneur pendant dix-sept ans au niveau international pour son pays avant de venir s'installer ici pour enseigner le soccer aux jeunes Canadiens, il a la curieuse impression de se retrouver dans la position d'un novice ou d'une recrue qui est sur le point de se voir révéler des secrets du jeu de soccer.

Sur le banc, les vingt-neuf autres joueurs des Wings demeurent bouche bée. Ils regardent le jeu se dérouler et semblent tout à coup percevoir des subtilités qu'ils n'avaient jamais saisies auparavant. Le ballon dirige le jeu, voient-ils tous. Une force, qui semble indépendante de la volonté des joueurs, mène la trajectoire du ballon. Monsieur Souza sourit. Son plan de match qu'il bâtit depuis des années continue de fonctionner à merveille. Ses joueurs l'appliquent tel un métronome.

Sur le jeu, les joueurs des Wings observent tous Martin du coin de l'œil qui lui, sort parfois de son immobilité, pour intercepter le ballon comme s'il avait anticipé son mouvement. Les Lions aussitôt le récupèrent car Martin le leur redonne pour continuer d'enseigner sa stratégie à ses coéquipiers. Au bout de quatre ou cinq minutes, Martin a réussi, en ne bougeant que très peu, à bloquer sept ou huit passes.

Sur le banc des Wings, on commence à saisir son petit manège. Les Lions contrôlent le ballon 75 % du temps. Ils ne se rendent donc pas vraiment compte que, pour une fois dans le match, ils n'ont pu effectuer aucun tir au but depuis dix minutes. Pourtant, les Wings n'ont presque pas bougé.

Martin, sentant que ses coéquipiers sont maintenant à l'écoute, leur crie :

— On coupe des passes !

Les Lions, si dominants jusqu'ici, ont appris à ne jamais se soucier de l'adversaire. Dans leur plan de match, il n'y avait pas d'opposants. Et cela leur a toujours réussi tellement ils sont habiles et que personne n'a jamais découvert leur truc. Mais le plan de Martin est de leur mettre des bâtons dans les roues.

Dès lors, la superbe machine bien huilée et parfaitement chorégraphiée des Lions commence à se détraquer dangereusement. Progressivement et très lentement, toutes les lignes de passes sont occupées par les Wings. Plus grands et meilleurs techniquement, les Lions reprennent presque toujours le ballon mais le même manège reprend et des dizaines de passes sont coupées par les Wings qui sont surpris eux-mêmes de leur succès. Parfois, ils ont même l'impression de faire partie de l'équipe des Lions tellement en se déplaçant et en lisant le jeu, ils se retrouvent presque toujours avec le ballon dans les pieds.

Sur le banc, monsieur Hamid commence à sourire, ce qu'on ne l'a pas vu faire depuis bien longtemps. Les joueurs, eux, n'arrivent même plus à cligner des yeux tellement ce qui se passe sur le terrain les fascine. Ils ont l'impression d'assister à une grande danse où tout se déroule en harmonie comme si le scénario était écrit d'avance.

Doucement, les joueurs des Lions se mettent à passer plus souvent sur les côtés, là où aucun accès au but n'est possible.

Martin commence alors à diffuser un nouveau message.

— Les gars, les filles, gardons le ballon, ne le redonnons jamais. Faisons de courtes passes, sans arrêt. Ne nous approchons pas du but, gardons le ballon !

À force de bien lire le jeu et d'y entrer totalement, la plupart des joueurs des Wings se mettent à ressentir un étrange sentiment agréable. Ils ont l'impression de faire partie d'un tout, de ne plus être un joueur mais de voir le dessin des autres joueurs sur le terrain et même celui dessiné par les joueurs de l'autre équipe. Ce que Martin avait décrit, ils le ressentent et le voit en action autour d'eux.

Cette sensation si rare, que Martin ressent toujours quand il est sur un terrain de soccer, donne à tous les joueurs l'impression que tout est facile, que tout coule comme l'eau d'une rivière.

Dans le jargon du sport, on appelle cela être dans une zone ! Tout semble relié : les mouvements des uns et les gestes des autres.

Dans les estrades, sans trop comprendre exactement ce qui se passe, un petit murmure grandit comme si tous ont l'impression d'assister à une scène inusitée. Martin, sentant bien que le temps est parfait, s'accapare du ballon et le remet aux défenseurs en chuchotant à tous :

— C'est le moment, c'est le moment ! Stratégie # 1 !

Tous les joueurs des Wings se disent un à un : C'est le moment, c'est le moment ! Stratégie # 1 !

Éric, à la pointe du jeu en attaque déguise son intention et s'éloigne un peu du but des Lions.

— La prochaine fois que Martin aura le ballon, je pars comme une flèche vers le but adverse ! pense Éric, jouant l'homme invisible dans la chorégraphie victorieuse qui se prépare.

Les Lions, fiers de posséder le ballon, reprennent leur distribution habituelle du ballon, sans prévoir une seule seconde le tonnerre qui les guette et qui s'apprête à les frapper.

Le défenseur gauche refile le ballon au défenseur central qui le lui redonne aussitôt. Celui-ci passe à l'ailier qui le remet au défenseur central en un triangle parfait. Le défenseur central refile au défenseur droit qui vise, comme les Wings comprennent aisément maintenant, leur demi central en un autre triangle parfait mais cette fois, la bombe qui se préparait mentalement s'amorce.

Manu, le libéro demi, se glisse en plein centre du triangle, intercepte le ballon, le remet à Karl qui le refile aussitôt à Olivier qui arme en retrait à Martin. Cela donne le signal parfaitement synchronisé entre Éric et Martin.

Ce dernier reçoit le ballon en plein centre du terrain. Comme prévu, il se retourne vers ses défenseurs au moment où Éric s'élance vers le but adverse. Les joueurs des Lions figent. Martin se retourne brusquement vers le but adverse et frappe le ballon de telle sorte qu'il monte très haut dans les airs. Éric, déjà à égalité du dernier défenseur adverse, reçoit le ballon dans les pieds. Martin avait vu juste car Éric, grâce à sa vitesse phénoménale, distance les défenseurs et court fin seul devant le gardien de but éberlué. Lui qui n'a reçu aucun lancer de tout le match. Le juge de ligne à heureusement très bien vu le jeu et ne siffle, avec raison d'ailleurs, aucun hors-jeu.

Éric Van Den Heinde, le plus habile marqueur de l'équipe, possède maintenant le tonnerre dans ses pattes. Vif comme un chat, il feint de lancer, couche le gardien par terre, dévie sa trajectoire vers la droite et laisse glisser lentement et délicatement le ballon en plein centre du but en contraste parfait avec la tempête qui s'abat sur les Lions. Cela fait rugir de plaisir les joueurs, les entraîneurs et les partisans des Wings.

Après le match, monsieur Hamid annonce à tout le monde.

— Malgré notre défaite de trois à un, il s'agit pour nous d'une victoire morale. Ce qui, à la demande de Martin, ne permet à aucun des quarante joueurs d'être retranché aujourd'hui. Je ne coupe personne... aujourd'hui, vous avez tous été parfaits! Ce soir, c'est la fête. Demain, demain seulement, à 9 h : entraînement spécial. Les dix-sept joueurs seront alors choisis! Vous êtes parfaits, les gars... et les filles!

Chapitre 7

Au cœur de l'Égypte

Leïla n'en revient pas. Son fils part pour Paris dans trois semaines. Elle en est tellement fière.

Au souper de ce soir, elle reçoit Béatrice, Nick ainsi que monsieur Hamid et sa femme, Lucia.

Elle se demande comment elle pourra concilier toutes ces origines internationales dans un seul repas. Béatrice est américaine, Nick est d'origine polonaise alors que monsieur Hamid et sa femme sont égyptiens. Au début, elle prévoyait préparer une entrée polonaise, un plat nord-américain et un dessert égyptien mais après trois ou quatre heures de recherche, elle se décide enfin à adopter une toute autre stratégie. Elle préparera un repas exotique : des sushis à la mode japonaise.

Puis, une heure avant l'arrivée des invités, insatisfaite de ses efforts, elle replace le thon cru dans son réfrigérateur et se tourne vers ce qu'elle réussit habituellement si bien, un bon spaghetti avec sauce aux boulettes.

Un peu gênée tout d'abord par ce repas si simple, elle est toutefois totalement rassurée quand elle entend Martin déclarer à Béatrice et Nick en entrant à la maison :

— Hum ! Tu as raison, Béatrice. Ma mère a cuisiné du spaghetti, miam... allo, maman !

— Allo mon amour, bonjour Nick, allo Béatrice !

— Hum, ça sent bon, dit Béatrice en allant donner un baiser sur la joue de Leïla. On va se régaler, vous êtes tellement bonne cuisinière. Puis-je vous aider ?

— Oui, c'est gentil !

— Maman, demande Martin, je peux utiliser ton ordinateur ? Je vais aller sur le site du tournoi !

— Oui, oui, vas-y !

— Tu viens, Nick ?

— Attends... Madame Allart, je peux faire quelque chose pour vous aider ?

— Non, non, merci, accompagne-le !

Pendant que Nick et Martin se dirigent vers le bureau de Leïla, Béatrice profite de ce petit moment avec cette dernière pour lui confier un petit secret :

— Leïla, ne le dites pas tout de suite à Martin mais mon père et moi allons aussi à Paris !

— Ah ! Oui ?

— Oui ! Mon père doit voyager à Genève pour l'ONU aux mêmes dates. Il m'y amène et au retour, nous séjournerons à Paris !

— Chanceuse... tu ne sais pas ce que je donnerais pour y aller... et pour voir Martin jouer contre les meilleurs joueurs du monde... je n'en reviens pas encore, il va représenter le Canada !

Soudain, la sonnette de la porte se fait entendre.

— Oh ! Oh ! Les invités qui arrivent déjà !

— Ne vous inquiétez pas, Leïla. Je vous aiderai durant tout le repas.

À la porte, Leïla est vraiment surprise de trouver Marco, le père de Martin, qui rôde de plus en plus dans les parages depuis que son fils accumule tous les succès dans les clubs de soccer du pays.

— Marco ? Qu'est-ce que tu fais ici ? lui demande-t-elle avec peu d'enthousiasme.

— Quel accueil !

— Je préfère que tu téléphones avant de venir ici. Je reçois des gens à souper !

— Je veux seulement féliciter Martin pour sa sélection !

— Il part dans une semaine... reviens le voir mais téléphone avant !

— Leïla, Martin est toujours avec toi et je ne le vois que rarement. Ce n'est pas cinq minutes qui vont tout déranger !

— Marco, ne commence pas... je te l'ai déjà dit mille fois ; TU NE VIENS PAS CHEZ MOI SANS TÉLÉPHONER, C'EST COMPRIS ?

La tension monte entre les deux parents. Leïla essaie de fermer la porte mais Marco la bloque avec le pied.

— Leïla, je ne suis pas un voleur, je suis son père...

— Ah ! Bonjour monsieur Allart ! Ça va ? dit Béatrice en venant rejoindre Leïla dans l'entrée.

— Bonjour... Béatrice hein, c'est ça ? Nous nous sommes croisés cette semaine au terrain de soccer !

— Oui... vous êtes vraiment très habile avec un ballon...

— Oh ! Pas tant que ça... j'aime bien échanger des ballons avec Martin !

Leïla, voyant que son ex-mari a de la bonne volonté, décide de faire un passe-droit à ses règles habituelles.

— Marco, dit-elle en ouvrant la porte, que veux-tu au juste ? Je reçois des gens là !

— Je veux seulement offrir un petit cadeau à Martin !

Marco sort de derrière son dos un petit paquet. Au même moment, derrière lui, monsieur Hamid et son épouse arrivent.

— Bonsoir madame, bonsoir monsieur Hamid ! dit Leïla, un peu gênée de la situation.

Puis, à la surprise de tous, monsieur Hamid interpelle Marco !

— Mais il me semble que l'on se connaît, non ? demande monsieur Hamid.

— Mais oui. Je suis Marco Allart, le père de Martin.

— Vous êtes le père de Martin ? Mais je croyais que vous vous appeliez Bashtour Amar !

— Oui, oui, c'est une longue histoire !

— Je ne savais pas que vous étiez le père de ce jeune joueur extraordinaire !

— Oui mais il partait justement. N'est-ce pas Marco ? dit Leïla très inconfortable de la situation.

— Oui, oui, je partais... j'irai demain, monsieur Hamid, à la pratique de Martin. J'irai vous saluer ! dit Marco en tenant toujours dans ses mains le cadeau qu'il a apporté pour son fils.

— Monsieur Allart, dit Béatrice en prenant son paquet, je vais aller remettre le cadeau à Martin, si vous le voulez bien. Au revoir, monsieur Allart !

Marco Allart, déçu de ne pas avoir réussi à voir son fils, fait contre mauvaise fortune bon cœur et salue la compagnie.

— Bonsoir madame et monsieur Hamid. Au revoir, Béatrice, Leïla, Nick… !

Avec le départ de Marco, Leïla retrouve ses esprits et accueille comme il se doit monsieur et madame Hamid qui sont très touchés d'avoir été invités à souper.

— Alors, vous êtes nés en Égypte ? demande Leïla au couple Hamid.

— Oui, dans la capitale Le Caire, répond monsieur Hamid, il y a 52 ans. Nous sommes déménagés à Toronto il y a dix ans de cela !

— J'ai lu sur internet, dit Martin, que vous avez joué professionnel pour un club de la ville d'Alexandrie.

— Eh ! Oui !

— De 1982 à 1987 selon ce que j'ai trouvé !

— Après, je suis devenu instructeur là-bas. D'ailleurs, mon frère est encore aujourd'hui l'entraîneur du club national des douze ans et moins en Égypte.

— Sera-t-il à Paris ?

— Oui. Ça va faire dix ans que je ne l'ai pas vu. D'ailleurs, avant Paris, Lucia et moi partons en vacances dans notre pays.

— Pourquoi avez-vous émigré au Canada ? demande Béatrice, curieuse et intéressée.

— J'ai entraîné un club professionnel qui a fait une tournée en Amérique et joué contre l'équipe nationale d'ici et tout le contexte m'a plu. On m'a offert un travail et je suis venu. D'ailleurs Martin, comme tu sais sûrement, ton père faisait partie de mon équipe à ce moment-là !

— Mon père ?

— Mais oui. Il était là tout à l'heure et cela fait des années que je ne l'ai pas vu… il était tout un joueur à l'époque !

— Papa était là ?

Martin regarde sa mère d'un regard perplexe.

— Oui, dit Béatrice, devant le silence de Leïla. Ton père t'a même apporté un cadeau.

— Un cadeau ? Où ça ?

Béatrice lui tend le paquet mais Martin, avant de l'ouvrir, questionne monsieur Hamid sur le fait qu'il connaisse son père.

— Mon père jouait au soccer ?

— Oui, reprend monsieur Hamid. Il était le meilleur avant-centre que j'ai vu au pays.

— Il jouait pour l'Égypte ?

— Mais oui, ton père est égyptien !

— Excusez-nous, monsieur Hamid, reprend Leïla. Je ne veux pas vous mêler à nos histoires de famille mais Martin n'a presque pas connu son père. Il n'a jamais vécu avec lui. Il ne sait presque rien de son histoire. Oui, Martin, ton père est d'origine égyptienne !

— Ah ! Oui ? J'ai hâte de lui parler de cela. Pourquoi ne m'en a-t-il jamais parlé ? Mais racontez, monsieur Hamid, je suis très intéressé. J'ai bien remarqué cette semaine quand il est venu échanger des ballons avec moi qu'il était vraiment habile !

— Je comprends maintenant pourquoi j'ai toujours l'impression de t'avoir déjà vu quelque part, Martin, quand tu dribbles et que tu passes le ballon. C'est incroyable mais je n'avais pas fait le lien entre vous deux ! Et toi, chérie ? demande-t-il à son épouse.

— Non, mais je dois dire que ça me rappelle d'excellents souvenirs. Ton père, Martin, était une idole chez nous. Avant qu'arrivent tous ses malheurs ! dit-elle, mystérieuse.

— Mais on ne parlera pas de ça ce soir ! dit monsieur Hamid.

Leïla est en état de choc. Depuis la naissance de son fils et le départ de son mari alors que Martin n'était pas encore né, jamais elle n'avait voulu qu'on lui parle de son père dans l'une ou l'autre de ses nombreuses maisons où ils ont vécu. Martin avait rencontré son père pour la première fois alors qu'il était âgé de sept ans et depuis, il l'avait revu une centaine de fois mais toujours pour de très courtes périodes de temps. Martin savait très peu de choses de son père, de sa vie et de l'histoire de ses parents. Il n'y avait rien de dramatique au fond, seulement un profond malentendu entre les deux parents sur l'endroit où ils voulaient vivre. Marco voulait retourner en Égypte puisqu'il disait que des recherches personnelles l'y attiraient. Leïla ne comprenait rien à ses nombreuses visites dans les sites archéologiques, dans les tombeaux et dans les pyramides. Elle avait marié un grand sportif et voilà qu'il passait tout son temps dans le désert. Elle avait donc fui et essayait de l'éviter le plus possible. Mais là, son fils suivait ses traces et devenait aussi un habile sportif. Elle comprenait au fond qu'elle devrait laisser tomber la garde et permettre à son fils et son père de se côtoyer davantage.

— Alors, reprend Martin, mon père jouait bien ?

— Un magicien… il était le meilleur joueur du pays ! Un jour, il a quitté le pays alors qu'il était en pleine gloire et, mystérieusement, nous n'avons plus jamais entendu parler de lui.

— Nous sommes contents de savoir qu'il a un fils !

— Je suis là ! dit Martin à la fois joyeux et ému d'entendre un peu l'histoire de son père.

— Oui, tu es bel et bien là ! dit monsieur Hamid. D'ailleurs, avec ce que tu as dit l'autre jour aux joueurs dans la chambre et avec la stratégie que tu nous a partagée…

— C'était tellement fort dans ma tête, monsieur Hamid. Je ressentais tout autour de moi et partout dans mon corps. Je savais tout d'un coup ce qu'il fallait faire. C'était comme… euh…. Comme…

— UNE PRIÈRE ? complète soudainement Leïla en revenant de la cuisine avec un gâteau.

— Euh ! Oui peut-être ou une méditation, je ne sais trop, reprend Martin. Peut-être, maman, je ne sais pas. Une méditation ou un choc électrique, peut-être. Je sentais cela comme…

— Comme si tu voyais les choses avant même qu'elles ne se produisent, dit monsieur Hamid, comme si tu pouvais voir au-dessus des gens… comme si tu voyais le dessin de ce qui se passe autour de toi, comme si tu entendais un message au fond de ton cœur !

En disant tout cela, monsieur Hamid semble citer quelqu'un.

— OUI, OUI, C'EST ÇA. C'EST EXAC-TEMENT ÇA !

— Incroyable… ces paroles ne sont pas de moi. Ce sont des paroles que l'on a découvertes, écrites en HIÉROGLYPHES, au fond de la pyramide de Gizeh, la plus grande pyramide d'Égypte !

— Des hiéroglyphes ? Qu'est-ce que c'est ? demande Martin.

— Ce sont des symboles, l'écriture des anciens Égyptiens ! dit Béatrice.

— Exactement, mademoiselle ! intervient Lucia. Vous connaissez ?

— Mon père est diplomate et, avec lui, j'ai vécu un an au Caire lorsque j'étais âgée de quatre ans. Avec ma gardienne, j'ai visité tous les sites archéologiques de la région. J'y ai vu des hiéroglyphes. C'est d'ailleurs très difficile à déchiffrer.

— Oh ! Oui ! Mais un savant français a trouvé une pierre, la pierre de rosette sur laquelle était gravé un texte en trois langues : le grec, l'arabe et la langue hiéroglyphique !

— Et avec ça, ils ont pu décoder et comprendre les hiéroglyphes ? demande Martin.

— En partie, en partie seulement... et entre autres, on a trouvé des écrits dans la pyramide de Gizeh ou tout près dans des galeries souterraines, là où on croit que nos ancêtres pratiquaient des sports. On a trouvé des textes qui ont été traduits et qui m'ont toujours inspiré comme joueur de soccer. Ce que tu as ressenti l'autre jour et que tu viens de nous décrire, un Égyptien du temps de la grande Cléopâtre l'a aussi ressenti et l'a gravé sur les murs de pierre. C'est grâce à toi, Martin, si j'ai repensé à tout cela dans le but de bâtir un esprit tout nouveau dans notre équipe de soccer canadien. Esprit tout nouveau mais basé sur des pensées de mes ancêtres égyptiens. Écoutez, Lucia est au courant, bien entendu, et quelques membres du gouvernement et amis égyptiens aussi mais vous êtes les premiers à qui j'en parle officiellement. VOILÀ, et, madame Leïla, ce sera à vous de décider ainsi qu'aux autres parents des joueurs pour le grand voyage que je propose ! dit calmement et solennellement monsieur Hamid.

— Ah mais c'est tout décidé, dit Leïla, mon garçon se rendra avec vous à Paris, c'est certain. Le voyage durera sept jours, n'est-ce pas ?

— Vingt et un jours !

— Quoi ? s'exclame Martin.

— Voilà ce que je propose ! Je sais que je vais bouleverser toutes vos habitudes et vous n'êtes pas obligés d'accepter mais je pense que ce pourrait être une expérience magique !

— Magique ? demande Nick.

— Oui, magique ! L'Égypte moderne et l'Égypte ancienne portent en elles des secrets et des mystères qui, je crois, nourriront notre équipe !

— L'Égypte ? Comment ça, l'Égypte ! demande Martin.

— N'aviez-vous pas dit «Paris»? dit Leïla.

— Oui, le tournoi de la coupe du monde de football des douze ans et moins se tient bien à la fin du mois d'août pendant quatre jours. Notre séjour à Paris durera donc sept jours. Je vous propose de plonger dans le mystère de ce que vous appelez UNE PRIÈRE ou une méditation! Madame Allart, je propose à toute l'équipe un séjour de deux semaines…

— EN ÉGYPTE! déclarent tous ensemble Martin, Nick et Béatrice.

— En Égypte? s'écrie Leïla. Pas encore! On dirait que la vie est un éternel recommencement. En Égypte, là où j'ai rencontré ton père, Martin. Pourquoi l'Égypte, pourquoi ne pas préparer l'équipe ici?

Tous les yeux se tournent vers Leïla qui est très bouleversée. Au fond d'elle-même, elle est heureuse d'avoir revu Marco et de savoir que son fils retrouvera ses origines. Comment tout cela est arrivé? Comment a-t-elle pu couper ainsi son fils de son passé? Peut-être n'est-il pas trop tard pour tout reprendre à zéro?

— Oui, oui. Excusez-moi de tout ce chambardement, madame, mais rien n'est décidé. Si vous n'êtes pas d'accord, nous nous entraînerons à Laval!

— Je ne suis pas d'accord! rétorque Leïla en se relevant de son siège, surprise elle-même de continuer à rejeter tout ce qui a trait à l'Égypte.

Pour la première fois de la soirée, monsieur Hamid se lève aussi et laisse un peu tomber sa gentillesse.

— CE PROJET EST PRIMORDIAL! dit monsieur Hamid en parlant d'une voix autoritaire, VOTRE FILS, L'AUTRE JOUR, A FAIT VIVRE À TOUTE L'ÉQUIPE UNE SORTE DE… MÉDITATION… ET TOUT À L'HEURE, IL A DIT ET MÊME RÉCITÉ UN TEXTE SACRÉ ÉGYPTIEN!

— J'ai dit ça, moi? demande Martin.

— Toute l'équipe pourrait ressentir la même chose là-bas dans un temple unique en Égypte et…

— Même y puiser de l'eau toute spéciale! murmure Nick pour lui-même.

— NON, NON ET NON!

Soudain monsieur Hamid dit en arabe:

— MASLAT FOUS RrAMA SCHASTA COUS!

— MAH RASHID, répond Leïla, je ne veux pas entendre ces mots!

— S'il te plaît! Calme-toi, chéri! dit Lucia en forçant son mari à se rasseoir. Leïla, assoyez-vous, assoyez-vous, continue Lucia très conciliante et calme. Nous ne sommes pas ici pour nous opposer à qui que ce soit. Leïla, madame Allart, ce que vous déciderez sera respecté. Falel, rien ne se fera sans l'accord de la mère de Martin, c'est clair ?

— Tu as raison, Lucia… pardonnez-moi, Leïla !

— Ça va, ça va. dit Leïla ayant curieusement retrouvé son calme après cet affrontement, comme si tout s'apaisait maintenant.

— Que se passe-t-il donc exactement, maman ? Tu connais la langue égyptienne ? demande Martin.

— Non, non…

Tout doucement, Nick pose sa main sur l'épaule de Leïla qui, très subtilement et sans s'en rendre compte, retrouve le sourire. Voyant cela, Martin cherche à en savoir plus.

— Maman, ne me raconte pas d'histoire… tu connais l'Égypte.

— Oui… oui … excusez-moi… c'est certain que je connais l'Égypte, j'y ai vécu avec ton père. Tout y était parfait puis il a découvert… le…

— MASLAT FOUS RrAMA SCHASTA COUS ! dit monsieur Hamid pour compléter sa phrase.

— MAH RASHID ! s'exclame-t-elle presque par réflexe.

— Mais qu'est-ce que ça veut dire ? demande Béatrice.

Lucia vient à sa rescousse.

— En égyptien ancien, tiré d'écrits hiéroglyphiques mais prononcé selon ce qu'on croit, cela veut dire: DANS LE TEMPLE D'OSIRIS NAÎT LA PRIÈRE DU CORPS !

— MAH RASHID ! redit en pleurant Leïla.

— Ce qui veut dire POUR TOUJOURS ET À JAMAIS ! dit Lucia.

— Je refusais de rester là-bas, dit Leïla, et ton père, Martin, y est parti pour toujours et à jamais. C'est la suite de sa prière… Il a choisi de partir MAH RASHID: pour toujours et à jamais !

— Et moi ? reprend Martin, je peux aller en Égypte pour trouver la prière du corps ?

— Tout recommence toujours ! dit Leïla en s'assoyant.

— Vous avez raison, madame Leïla, reprend Lucia, tout recommence toujours si on essaie de fuir. Si on fait face, le monstre n'est jamais aussi énorme qu'on ne le croyait !

— Venez avec nous, madame Leïla ! dit soudainement monsieur Hamid.

— En Égypte ? Mais… je…

— Viens, maman ! Viens !

— Oui, venez. Cela ne vous coûtera pas un sou, ni aux enfants. Quatorze jours en

Égypte, ça changera peut-être toute votre vie… sinon, vous aurez vu les pyramides et le soleil d'Égypte.

— Peut-être ! Je pense même que je devrais en parler à ton père… il pourrait nous dire où aller… je ne sais pas… peut-être… vous êtes si gentils monsieur et madame Hamid, si gentils. Ce projet pourrait me réconcilier avec ce magnifique pays. Je vais voir auprès de mon employeur s'il me laisse partir en vacances à si brève échéance ! répond Leïla, la main froide de Nick toujours déposée sur son épaule.

Enfin, tout le monde retrouve le sourire et se calme un peu.

— Alors, maman, nous le mangeons ce gâteau au chocolat ?

— Oui !

Pendant que Leïla sert un morceau à tous, Martin reprend le paquet que son père lui a apporté et qu'il avait mis de côté.

— Maman, tu permets que je l'ouvre maintenant ?

— Ça me fait un peu peur mais vas-y !

— Ouvre-le, Martin, dit Béatrice, ouvre-le. Je ne pense pas qu'il y ait un monstre là-dedans et s'il y en a un, il est bien petit.

Martin profite du rire général pour commencer à déballer le cadeau de la grosseur d'une boîte à chaussures. Dans la boîte, il trouve d'abord un chandail de couleur or d'une équipe de football égyptienne ; le Sphinx du Caire, chandail portant le numéro 13. Martin l'enfile.

— Il est un peu grand mais il te va bien ! dit Nick.

Martin continue à fouiller dans la boîte et y trouve une vieille paire de souliers de football de couleur or aussi.

— Tu as vu, maman ? Tu as vu la couleur ?

— Oui, je sais, je sais… c'est curieux mais depuis au moins deux ans, Martin me demande de lui trouver des souliers de soccer de couleur or. Nous n'en trouvions que des jaune foncé avec ou sans lignes sur les côtés mais aucun n'était or.

— Maman, ils me font… regarde !

Martin vient d'enfiler le soulier droit et celui-ci lui va à merveille. Puis, lorsqu'il tente d'enfiler le soulier gauche, il découvre, en-dessous, une sculpture de pierre, semble-t-il, brisée en deux et apparemment très vieille, représentant un temple ou plutôt un demi-temple.

Monsieur Hamid, Lucia, Leïla, Nick, Martin et Béatrice regardent attentivement l'objet. Ils sont hypnotisés par ce petit bout de pierre qui semble dégager une lumière toute spéciale.

Béatrice saisit ce petit temple des mains de Martin :

— On dirait qu'il y a une lumière là-dedans. Vous voyez ?

Tous voient des rayons verts qui émanent des six petits trous que l'on peut voir dans ce temple sculpté. Puis tout s'éteint sans que l'on puisse trouver le mécanisme qui a produit la lumière.

Dans le fond du soulier gauche, Martin trouve aussi un petit cahier à la couverture rigide, pas plus gros qu'une carte d'identité. Martin l'ouvre et découvre des dizaines de pages remplies de signes incompréhensibles. Monsieur Hamid le saisit :

— Des hiéroglyphes... écrits à la main ! dit-il.

Sur certaines pages, on peut y voir des dessins du sphinx, des pyramides, du Nil, d'une momie, d'un temple et de nombreux autres croquis d'objets ainsi que des pages et des pages et des pages de hiéroglyphes...

— C'est l'écriture de ton père, Martin, dit Leïla. Je la reconnais. Et là... là... sur cette page, c'est une déclaration qu'il m'a faite... c'est incroyable...

Leïla est si énervée qu'elle peine à respirer... Soudain, elle se lève et déclare :

— Il m'a dit : *Un jour, nous serons tous réunis en Égypte !* Monsieur Hamid, je suis d'accord, Martin ira en Égypte... et moi aussi !

Martin, Béatrice et Nick se dirigent vers l'extérieur de la maison et commencent à imaginer que bientôt, ils se retrouveront en Égypte.

— Nous allons trouver un moyen de t'y accompagner, Martin! dit Nick.

— Je l'espère bien! répond Martin.

— Mais comment convaincre mon père de faire un détour par l'Égypte avant de se rendre à Paris alors que nous devions aller à Genève? se demande Béatrice.

— Hum! dit Nick, songeur. Je crois que Vladana pourra peut-être nous aider! dit Nick mystérieux en pensant au cristal qu'elle garde caché sous une trappe dans son sous-sol.

Dans la maison de Martin, le demi-temple, laissé seul, brille très fort et lance six rayons verts. Au même moment, quelque part en Égypte, l'autre partie du demi-temple, bien enfoui sous terre, brille d'une telle force qu'il fait frémir le sarcophage et la butte de sable où il est enfermé!

Dans l'épisode 9 de la série *Nick la main froide* intitulé «La neuvième merveille du monde», nous suivrons Nick, Martin et Béatrice qui observent à l'aide de leur sculpture deux jeunes Égyptiens âgés de onze ans, Mahmoud et Mohamed, qui sont prêts à tout pour trouver ce trésor qui est enterré depuis des milliers d'années à deux pas de chez eux.

TABLE DES MATIÈRES

Achevé d'imprimer sur les presses de
Quebecor World Saint-Romuald.

Imprimé sur du papier Enviro 100% postconsommation,
traité sans chlore, accrédité Éco-logo et fait à partir de biogaz.

certifié

procédé
sans
chlore

100 % post-
consommation

archives
permanentes

energie
biogaz